키스를 원하지 않는 입술

키스를 원하지 않는 입술

김 용 택   시 집

창비

차 례

이 하찮은 가치

11월이다.
텅 빈 들 끝,
산 아래 작은 마을이 있다.
어둠이 온다.
몇개의 마을을 지나는 동안
지나온 마을보다
다음에 만난 마을이 더 어둡다.
그리고 불빛이 살아나면
눈물이 고이는 산을 본다.
어머니가 있을 테니까. 아버지도 있고.
소들이 외양간에서
마른풀로 만든 소죽을 먹고,
등 시린 잉걸불 속에서 휘파람 소리를 내며
고구마가 익는다.
비가 오려나보다.
차는 빨리도 달린다. 비와
낯선 마을들,
백양나무 흰 몸이

흔들리면서 불 꺼진 차창에 조용히 묻히는
이 저녁
지금 이렇게 아내가 밥 짓는 마을로 돌아가는 길, 나는
아무런 까닭 없이
남은 생과 하물며
지나온 삶과 그 어떤 것들에 대한
두려움도 비밀도 없어졌다.
나는 비로소 내 형제와 이웃들과 산비탈을 내려와
마을로 어둑어둑 걸어들어가는 전봇대들과
덧붙일 것 없는 그 모든 것들에게
이렇게 외롭지 않다.
혼자 버스를 타고 집으로 돌아가는
지금의 이 하찮은, 이유가 있을 리 없는
이 무한한 가치로
그리고 모자라지 않으니 남을 리 없는
그 많은 시간들을 새롭게 만들어준, 그리하여
모든 시간들이 훌쩍 지나가버린 나의 사랑이 이렇게
외롭지 않게 되었다.

꽃 보러 왔나봐요

아침 산에 올랐다. 바위틈에 핀 진달래꽃을 바라보고 앉아 있다. 꽃이 가만히 있다.

"꽃 보러 왔나봐요?"

한 가지에서도, 어떤 꽃은 피고 어떤 꽃은 졌다. 어떤 꽃은 지금 피려고 하고, 어떤 꽃은

지금 필까 말까 고민 중이고, 어떤 꽃은 아예 마음이 없다.

나는 어제도 오고 그제도 왔답니다. 그러나 나는 아직 이 세상에 오지 않은 꽃이랍니다.

"꽃 보러 왔나봐요?"

서쪽으로 가면 누가 있는지

내 날개에 떨어진 햇살을 보면
고향에 장다리꽃이 핀지 알지요.
봄바람이 살랑대면
장다리 꽃잎 네장이
두마리 나비가 되어
강을 건너는 꿈을 꾼답니다.
봄이 되면 맨발이
흙 속에 묻히는 마을,
속날개에 바람을 싣고 날았답니다.
저 하늘 어느 별에선가
강물에 날개를 적시는 어머니의 날개 소리를 들었답니다.
보고 싶어요, 어머니.
내 날개를 쓰다듬어주는 아버지의 손가락 상처들을 만지
고 싶어요.
이웃에는 살구꽃이 피었답니다.
살구나무 꽃그늘 내린 마루 끝에 앉아 환하게 웃는 여자
아이를 보고 싶어요.
그 아이에게 노란 살구를 따주고 싶었지요.

내 날개를 잡으러 다가오는 떨리는 눈빛을 보고 싶답니다.

보고 싶고, 그립고, 풀들이 돋는 마당가 장다리 꽃밭을 날
고 싶어서

그리운 골목길을 지나 바람 부는 풀밭 위를 날고 싶어서

이렇게 날개를 접고 꽃을 들여다보고

속날개로는 바람을 부른답니다.

접었다 폈다, 날개는 내 마음입니다.

날개로 은하수 맑은 물을 닦아

날아가는 내 모습을 비추어보았답니다.

때로 나는 지상에 매인 끈을 자르고 싶었지요.

가문 땅에 풀들이 돋아나고

폭우 속으로 어린 새들이 날아가고

폈다가 도로 접는 불쌍한 날개들

막 돋아난 쑥잎 끝에 태어난 이슬방울들

지구를 떠도는 슬픈 눈동자, 나는 나비랍니다.

내 고향은

봄비가 흔적도 없이 사라지는

그런 강물을 가지고 있답니다.

봄바람 끝에는 누가 사는지,
서쪽으로 날아가면 내 마음을 풀어다가 쌓아놓은
환한 달이 있을지.
내 날개가 된 장다리꽃,
지붕을 넘어 날아와
마루 끝 내 곁에 처음 내려앉던 행복한 그
꽃잎을
따라온 나는
나비랍니다.

달콤한 입술

작은 물고기들이 등을 내놓고 헤엄을 친다.

보리밭에서는 보리가 자라고 밀밭에서는 밀이 자라는 동안

산을 내려온 저 감미로운 바람의 발길들,

달빛 아래 누운 여인의 몸을 지난다.

달콤한 키스같이 전체가 물들어오는, 이 어지러운 유혹의 입술,

오! 그랬어.

스무살 무렵이었지.

나는 날마다 저문 들길 끝에

서 있었어.

어둠에 파묻힌 내 발목을 강물이 파갔어.

비가 오고, 내 몸을 허물어가는 빗줄기들이 강물을 건너갔어. 그 흰 발목들,

바람이 불면 눈을 감고 바람의 끝을 찾았지.

얼굴을 스쳐지나가는 단내 나는 바람!

나는 울었어. 외로웠다니까. 너를 부르면 내 전부가 딸려갔어.

까만 돌처럼 쭈그려앉아 눈물을 흘렸어.

그리움을 누르면 피어나던 어둠 속에 뜨거운 꽃잎들,

말이 되지 않는 말들이 나를 괴롭혔어. 집요했어.

바위 뒤 순한 물결 속에 부드러운 뼈를 가진 작은 물고기들이 모여

달빛으로 등을 말리고

물살을 일으키며 그렇게 산등성을 달려내려왔어.

그러던, 그러던 그 어느날

오동꽃이 피던 마지막 그 찬란한 봄날,

가벼운 시장기에 시달리던 그 어느 아름다운 봄날,

잔고기떼가 그렇게 산등성에 반짝이던 날

산수유 새잎처럼 날카로운 혀끝이 하늘과 땅을 가르며

시가 내게로 왔어. 닭이 울고

알 수 없는, 저 깊은 산속에서 거부할 수 없는, 내가 나를 이기지 못하던

강물을 끌고 나오며

날 불렀어.

환한 목소리,

삶과 죽음의 키스같이

다디단 그 봄밤의 파멸,

내 발등을 밝혀주던 그 검은 눈동자들,

내겐 귀가 있었어.

내겐 눈이 있었다니까. 내 마음이 그걸 안 거야.

떨렸어.

내 몸을 열고 들어와

내게 숨은 것들을 다 찾아 폭파시키던

그 환한 목소리,

산과 강이 연두색에서 초록으로 건너가는

그 사이로 꾀꼬리가 노랗게 솟아오른 거야.

전율하던 그 하얀 공포,

치명적인 치욕, 무서운 현실

오! 시,

시였어.

붉은 깃털의 새떼

마을 앞 정자나무 아래 들면
숨을 멈추라.
바람의 노래를 들을 것이다.
울고 왔다 웃고 갔을 인생과
웃고 왔다 울고 갔을 인생들을
그리고 그 사랑을.
그리하여 그 세월이 두 팔로도 모자라게
자랐음을.

이 나무 아래 들면
눈을 감으라. 수없이 많은
새 이파리들이 새 역사를 쓰고
새 정부를 조각하는 꿈을 꿀 것이다.
나뭇가지들이 자라는 동안
달빛이 나뭇잎들을 지나며 전설을 만들고
사랑하는 이들이
물고기들이 물을 차고 뛰어올랐다가 떨어지며
일으키는 파문 속에 갇혀

그대를 기다리다 갔음을 알리라.

이 나무 아래 들면 발걸음을 멈추라.
이 나무가 한알의 작은 씨앗이었음을
바람과 비와 햇살을 품은
흙 속에 묻혀 돋아난
두 잎,
어린 새싹이었음을 눈부셔하라.

발걸음을 멈추고 숨을 멈추고
눈을 감고 생각하라.
이 나무의 씨가 또 한그루의 커다란
나무를 키울 씨를 이 지상에 떨어뜨릴 것임을
믿으라.
그들이 해와 달과 바람을 따르며
이 세상으로 솟아오르는
그 소리를 들으라.
아버지가 죽고 그 아들이 죽고

그 아들이 태어나 이 나무 아래 서서
나무를 올려다볼 것임을 믿으라.
어둔 밤 별빛이 지상을 지나며 하는 일이 끊임이 없음을
그 사랑의 노래를 들으며
어느날 땅으로 내린 나뭇잎들이
일제히 날개를 치며
눈부신 하늘로 날아오를
붉은 깃털의 새떼가 될 것임을 믿으라.

뜬 구름

구름이 강을 건너네요.

당신이 그렇게 오더니

당신은 그렇게 가네요.

그 봄, 그 손등 위의

고운 햇살을 어찌한답니까.

발아래 살 풀린 포근한 흙도, 멀리 수줍던 강물도,

강물을 향해 새 눈을 뜨기 전 버드나무 실가지에 불던 바람도.

강가에 치맛자락을 날리며 서서

강굽이를 가리키는 그대 손가락 끝에서 날아오르던

비비새는 이제 어디에 앉는답니까.

한때의 사랑이 생시인 듯 생생하나, 덧없지요.

그대 머릿결에 폭포처럼 쏟아지던 찬란한 햇살이 산그늘에 쫓겨가네요.

인적 드문 어느 길모퉁이 푸른 이끼 낀 바위 위에 놓인 고적한 꽃잎처럼,

한번 들여다보다 간

그런 그림자처럼, 나비와 구름이, 그 그늘이 그러하지요.

봄비가 땅에 닿기도 전에 사라지듯이

흐르는 강물은 내 마른손을 다 적시지 못하였습니다.

강물 위에 그림자를 벗으며 흰나비떼가 강을 건너네요.

살 떨리던 그 날갯짓 소리, 산이 떠내려가는 그 희미한 소리,

꿈인가요. 생시인가요. 떨리는 내 심장의 끝은 당신을 향해 까맣게 탔습니다.

아! 사랑은 그대 입술처럼 왔다가 간 강물 위에

뜬 구름 한장 같네요.

나는 조각배

집에서 놉니다.

노니, 좋습니다.

아파트 정원에 산딸나무 꽃이 피었습니다.

희고 고운 꽃잎들이 초록의 나뭇잎 위에

십자 모양으로 누워 하늘을 바라보고 피었습니다.

초여름꽃은 흰 꽃들이 많답니다. 이팝나무 꽃, 층층나무 꽃,

때죽나무 꽃, 때죽나무 꽃은 대롱대롱 매달려 피지요.

꽃술 끝이 노란 그 꽃들도 희고 곱답니다. 꽃이 질 때

그것들을 오래오래 바라보면

내 몸에 실린 짐들을 하나둘 몸 밖으로 던지는 꿈을 꿉니다.

마음의 짐을 다 내려놓으면 눈이 저절로 감깁니다.

눈이 감기면 내 몸은 빈 배가 되어

어느 먼 곳으로 기우뚱기우뚱 떠갑니다.

한없이, 한이 없이, 좋습니다. 순순한 바다,

먼 수평선 너머로 나는 나를 놓고 깜박 꺼져서.

그래요.

그렇게 당신의 흰 발뒤꿈치에 가만히 가닿고 싶은

나는

한 조각

빈 배지요.

화투(花鬪)

하루종일 비 온다.
삼월 사꾸라 삼광으로 홍단 때리다
밖을 보면 비 오고
비띠로 비광 때리며
밖을 보면 비가 오고
열끗짜리 팔월공산을 피로 때리며
밖을 보면 공산에 비가 온다.
비 온다.
처마 밑에 낙숫물 소리
영산가락 느린 삼채 중중모리
궁굴채 열채 휘모리로
당 다다다 따르르르 따,
눈 떴다 감았다.
하루종일 비 온다.
푸르딩딩 물오른 장독 뒤에
파랑새 앉은 이월 매조 꽃가지에
꽃 피겠다.
정이월 지나

일철이 코앞이다.

따뜻하면 꽃도 기어나온다.

에라, 모르겠다. 뛰는 놈 때리라더라.

죽을 놈이 먼 짓을 못허겄냐.

쌀라면 싸라, 먼저 먹는 놈이 장땡이다.

매조 열끗으로 홍단을 친다.

포르릉 새 날겠다.

뜬모와 개망초꽃

심어놓은 모들이 자리를 잡아간다.

논가에 있는 학교는 늘 조용하다.

아이들이 줄어든 운동장에 하루가 멀다 하게 제초제를 뿌려도

금방 풀이 자란다. 끝이 노랗게 탄 풀들도 이제 제 몸 일부를 버릴 줄 안다.

논물이 맑아졌다. 논길이 학교길이다.

저 꽃이 개망초꽃이다. 엄마는 논에 가면서

어둔 얼굴로 말했다.

나 없어도 아빠랑 살 수 있어?

그걸 내가 어떻게 알아?

그 말이 무슨 말인지 그때 나는 몰랐다.

뜬모를 때울 때 엄마는 떠났다. 엄마의 발자국에 구정물이 고이고

해가 져도 엄마가 돌아오지 않은 날

어두운 마당에 들어선 아빠는 흙 묻은 옷도 갈아입지 않고 나갔다. 아빠, 아빠 어디 가?

아빠와 엄마가 싸울 때, 우리 세 사람 가슴에 고여 길을

찾지 못하는

말들 때문에 답답했다.

밤이면 검게 탄 아빠의 얼굴은 더 어두웠다.

자리 잡지 못한 벼들이 둥둥 떠 있다.

소쩍새가 운다. 엄마도 저 새소리를 들었을까.

오일째다.

말도 통하지 않던 엄마가 어떻게 개망초꽃을 알았을까.

엄마의 나라는 섬이랬다.

야자수, 망고, 바나나, 일년 열두달 내내 여름이라고

엄마는 슬픈 얼굴로 내게 말했다.

엄마의 슬픔이 내게로 몰려올 때면

나는 어쩔 줄을 몰랐다.

엄마는 이제 오지 않을 것이다.

불을 켠다. 전화벨이 울린다. 아빠다!

그래, 엄마 안 왔어.

개망초꽃이 이렇게 해사한지 몰랐다.

개망초꽃을 보고 있으면 엄마가 꼭 올 것 같다.

모를 때울 때 논에 찍힌 엄마의 발자국에 고인 구정물이

개이고

뜬모가 비스듬하게 뿌리를 내렸다. 바로 설 수 있을까?

학교에 간다.

운동장에는 끝이 노랗게 탄 풀들이 고개를 들고 돋아난다.

볼수록 운동장이 넓다.

교실로 들어갈 때 우리집 쪽에서

경운기 소리가 들렸다.

아빠다.

개망초꽃 핀 논둑길을 경운기가 달린다.

아빠는 뿌리가 하얀 뜬모를 때우러 간다.

바퀴들은 쉬지 않는다

바퀴들은 쉬지 않는다.

앞산에서 졸참나무와 도토리나무가 새잎을 피워내고

뒷산 솔숲 아래 마삭 줄기에 참새 혀 같은 새잎이 돋아나며 세상과 깊숙이

키스를 하는 동안에도

바퀴들은 쉬지 않는다.

인간의 고독은 끝없이 진화한다.

눈물을 흘리는 기계를 만들고 싶다.

비애를 느끼는 터미네이터를 만들고 싶다.

세상을 한 손에 쥐고 무엇이든 한번의 터치로 끝낸다.

한쪽을 베어 먹은 사과를 든 사람과 별 세개로 삼각편대를 거느린

그들이 무엇이든지 한 손에 쥘 수 있다고 싸우는 동안

서정의 철조망을 넘어간 시들이

도시의 뒷골목에서

기아에 허덕인다. 피를 다 흘리면 기계가 될까.

총알처럼, 쉬면 죽는다.

그것을 알기에

자본은 한순간도 쉬지 않고 굴러갈 뿐, 숨 쉴 틈이 없다.

물로 돌아가는 물레방앗간 큰 바퀴가 물을 받는 동안
에도

연애가 이루어졌듯이 고무바퀴를 굴리고

달리는 사람들이

한강가에서 연애를 한다.

스스로 바람을 만들며 강을 건너는 나비여!

바퀴들이 쉬지 않고 굴러간다.

졸참나무와 가문비나무와 참새 혀 같은 마삭 줄기 새잎
들이

세상 속으로 혀를 깊이 밀어넣는 동안

너의 일거수일투족은 실시간으로 생중계되고 면밀히 재
생된다.

비밀은 없다. 쑥으로 어린 목숨을 연명하던 할머니가

재래시장 한쪽 구석에서 쭈그리고 앉아 새 쑥과 돌미나
리와 두릅을 판다.

팔리지 않아 시든 두릅과 쑥이 할머니 무릎에 돋다 만 새
싹 같다.

혀가 닿지 않은 세상에서도
바퀴들은 절대 쉬지 않는다.

공원의 벤치

'

모로 쓰러진 술병 병목에는 아직도 슬픔이 고여 있다.

목이 달아난 소주병은 서서 말을 잃고

잘근잘근, 이빨 자국도 없이 씹힌 필터와

발끝으로 비벼 터진 담배꽁초가 말한다.

씨발, 사람 사는 일이, 다들 나만 갖고 왜 이래, 정마알!

속 터진 봉지 속의 새우깡 부스러기들이

이리저리 포개 누워 밤이슬을 먹고 눅눅하다.

멀찍이 튕긴 꽁초가 날아가며 그려낸 허공의 불꽃들,

밤을 꼬박 새운 의자 밑 귀뚜라미가

'

H빔 무릎마디를 힘들게 꺾는다.

키스를 원하지 않는 입술

내 입술은 식었다.
키스를 원하지 않는 입술,
내가 사라진 너의 텅 빈 눈동자를
내 손등을 떠난 너의 손길을
다시 데려올 수 없다.
달 아래 누우면
너를 찾아 먼 길을 가는
발소리를 나는 들었다.
초저녁을 걷는 발소리를 따라
새벽까지
푸른 달빛 아래 개구리가 울고,
이슬 젖은 풀잎 위에서 작은 여치가 젖은 날개를 비비며
울어도
다시 돌아갈 수 없는 길이 있다.
미련 없는 사랑이 어디 있으랴. 그러나 마음은 떠났다.
봄이다.
봄이 온다.
새 풀잎이 돋아나기 전

따뜻한 양지쪽

마른 풀잎들이

일어날 수 없는 몸을 햇살 위에 누이고

노란 햇살로 얼굴을 덮을 때

아직도 어머니의 식은 젖꼭지를 물고 징징거리는 구차한

문학적 가난이,

자라다 만

철없는 시대적 응석이 나는 싫다.

이별을 모르니 사랑을 알 리 없다.

보수(補修)와 수선(修繕)은 보수(保守)를 낳고

철없는 아집과 미숙은 타락한 수구가 된다.

시인의 꿈은 욕이다.

사랑이 떠난 불쌍한 어머니의 젖꼭지를 놓아라.

키스를 원하지 않는 너의 입술을,

내가 떠난 너의 눈동자를.

나는

이제 싫다. 네가, 뜻 없는 네 슬픈 구도가 싫다.

새 풀잎이 돋아나기 전

나는 경남 거창 가조를 지나고 있다.

빈 논과 밭을 끌고 날아오르는 독수리 같은 가조읍 뒷산 아래

하늘을 보고

반듯하게 눕는 풀잎처럼

햇살을 품고 바스락 소리도 없이 말라 죽고 싶다.

바람이 나를 가져가리라

햇살이 나를 나누어 가리라

봄비가 나를 데리고 가리라

아니면 또 어떤가.

키스를 원하지 않는 입술,

돌아앉아버린 식은 사랑의 얼굴을 보았기에

나는 더 나아가지 않으련다.

오오, 사랑이여! 이제 나를 끌어안아다오.

소금

내소사를 지났다.
비 오고, 늦가을이다.
낙지들이 수조 속에서
한사코 다리를 비트는
곰소항 어느 횟집 처마 밑에서
비를 피한다.
나갔던 물이 들어온다.
저기가 고창이지요?
아내가 애들을 데리고 집을 나가서요.
슬레이트 지붕 처마 끝에서
떨어진 낙숫물이
튄다.
신발이 젖는다.
생면부지,
전혀 모르는
사내다.

농사의 법칙

마을이 텅 빈 후
매화꽃과 산수유꽃과 산벚꽃이 같이 펴 있다.
논과 밭으로 갈 길들이 사라지고
마을까지 내려온 멧돼지와 고라니들이 묵은 샘물을 마신다.
오래도록, 차례와 기다림과 일관성은 농사의 법칙이었다.
마을에서는 왔다 갔다 자유롭지만
서울역에서 광화문까지 가는
지하철과 버스길과 택시길과 걸어갈 수 있는 길들은
서로 얽히고설킨 실타래 같다.
그러나 미싱 바늘 끝으로 빨려들어가는 실을 보아라.
나이 든 여공의 손끝에서 산동백꽃보다 산수유꽃이 먼저
핀다고,
꽃이 아니라고 말 못한다.
꽃 피는 봄날의 서정, 순서가 생략된다.
아침에 핀 산벚꽃이 저녁에 지고,
여름이 이렇게 빨리 올 줄 몰랐다. 생각할 겨를도 없이
남산의 가을 단풍은 또 얼마나 금세 서운한가.
땅속을 가로세로 위아래로 서로 엇걸려 달리다가

불끈 지하를 나온 지하철이 한강을 건너

경화된 간덩이 같은 남산으로 비명을 지르며 돌진한다.

쇠들은 순식간이다. 불같이 뜨겁고 냉혹하게 식는다.

절대 강자, 순서도 쇠가 정한다. 동시다발, 백발이 다 명
중이다.

결코 져본 적이 없다. 급소를 향해 일초도 쉬지 않고 달
리는

자본 아래 자살과 타살은 동음이다.

얼굴 없는 초권력의 조종자가 된다.

불붙은 화약, 날아가는 총알처럼 통제 불능이다.

스스로를 잡아먹고 거대해져서

내키고 닥치는 대로 입술을 빼앗고 씨를 섞어 임신하여

자기도 모르는 새끼를 낳고,

스스로 변종하고 누구도 알 수 없이

돌연변이한다. 억압과 착취와 강탈,

어떤 경우에도 절대 수단과 방법을 가리지 않는다.

무생물이 생물을 낳고 생물이 무생물을 낳고

무생물이 무생물을 낳는다.

불임이 없는 무서운 좀비들,

끝없이 새끼 치고, 고립시켜 파괴하고, 오, 이런! 우울을 모르는

비생물적으로 매정하고 개체적인, 그래,

인류는 해석을 잃었다.

다 알고 있듯 석유는 생명이 아니다.

기계가 눈물을 흘리는 영화는 제국과 자본의 사기다.

길이 사라진 앞산은 하루 내내 어둡다.

마을 앞 가로등 불빛은 얼마나 밤새워 공허한가.

농사는 배부른 내 여가 속의 한가로운 여흥이 되고

가난을 자랑하는 세상이 되었다.

식은땀 흘리는 아버지의 식전 노동을,

강물 위에 떨어진, 저 떨리는 감정의

달빛을, 생존과 휴식의 법칙이 사라진 하루를

강물이 싣고 어둠 속을 달린다.

꽃 피던 시절,

꽃들이 흐르는 강물 소리로 왁자지껄 만발하던 시절이 있었다.

어떻든 나는 지금 서울에 와 있다.

나는 지금 한강철교를 건너야 한다.

순서를 기다렸다가 피던 꽃들, 묵은밭에 흰 감자꽃이 피는 그런 날이 오리라고, 쉽게 믿지 않는다.

그러니까, 이제 나의 시는 수줍게 남해로만 숨지 않을 것이다.

오! 이런 제길, 이 무슨 난관인가.

또 땅속이다.

막강한 나의 적은 나다.

정면

북해도는 멀었다.
할아버지는 엿장수였다.
엿판을 메고 얼마나 많은 강을 건넜던가.
삼천리강토가 다 내 땅이었다.
허기진 황토고개를 넘으며
할아버지는 육자배기를 불러제꼈다. 전쟁 때
할아버지는 가족들 앞에서 총을 맞고
나무토막처럼 산비탈을 굴러가다
삼밭머리에서 숨을 거두었다.
붉은 피가 삼뿌리를 적셨다.
나를 업은 두 손이
부들부들 떨리던 아버지의 등짝에서
나는 두살이었다. 북해도에서
석탄을 캐다 돌아온 아버지는 그들의 총탄을 날랐다.
밤이슬에 옷을 적시며 어둔 산을 넘고 강을 건너와
어머니 곁에 누우면
어둠의 저쪽에서 후래시를 들이대고
너는 어느 쪽이냐고 물었다.

너 같으면 어느 쪽이라고 대답했겠느냐.

아버지는 겁에 질린 얼굴로 어린 내게 되물었다.

1928년생 우리 어머니는 안양 방직공장에서

돌아와 아버지와 결혼했다.

어머니는 아직도 그때 월급을 받지 못했다.

긴긴 봄날 아버지와 나는 고추 거름을 지고 앞산을 올랐다.

지게 밑에 나란히 앉아 강 건너 초가지붕들을 바라보았다.

혜신이네 집 마당에 똘배꽃이 하얗게 피어났다.

아버지가 내게 물었다.

배고프냐?

아니요.

앞 강 마른 물빛이 검게 그을린 아버지 이마에 어른거렸다.

아, 봄볕! 그 허기진 볕. 아, 아버지!

내 몸에는 민간인인 아버지의 피가 흐른다.

아버지는 시퍼렇게 멍든 어깨와 등짝에

선명하게 박힌 어지러운 짚자국들을

무덤으로 가져갔다.

내 가슴에 박힌 아버지의 짚자국은 영원히 썩지 않을 것이다.

나는 나의 아들과 딸에게

어느 쪽이냐고 되묻지 않을 것이다.

어둠 저쪽에서 후래시 불빛을

얼굴에 들이대며

너는 어느 쪽이냐고 묻는

정조준된 총구는

오랜 세월 나를 향해

그 얼굴이 그 얼굴이다.

너희들 검지손가락 끝마디에 방아쇠는 늘 걸려 있다. 그
러니

어디

쏠 테면 한번 쏴봐라.

나는 이제 떨지 않을란다.

뇌

폭염이다.

찐다, 쩌.

차가 차 때문에 달릴 수가 없다는 말이, 지금 말이 되냐, 다.

정체는 체념이다.

후회해봐야 도로 그 자리, 분노도 잊었다.

누구나 보수가 된다.

현실은, 받아들이라는 말이니, 무섭다.

고추잠자리 한마리가 휙! 탁! 차창에 부딪친다.

잠자리 뇌수는 갈색이다.

와이퍼를 작동시켜 피를 지우고,

어디로?

또 달린다.

삶

매미가 운다.
움직이면 덥다.
새벽이면 닭도 운다.
하루가 긴 날이 있고
짧은 날이 있다.
사는 것이 잠깐이다.
사는 일들이 헛짓이다 생각하면,
사는 일들이 하나하나 손꼽아 재미있다.
상처받지 않은 슬픈 영혼들도 있다 하니,
생이 한번뿐인 게 얼마나 다행인가.
숲 속에. 웬일이냐, 개망초꽃이다.
때로 너를 생각하는 일이
하루종일이다.
내 곁에 앉은
주름진 네 손을 잡고
한 세월 눈감았으면 하는 생각,
너 아니면 내 삶이 무엇으로 괴롭고
또 무슨 낙이 있을까.

매미가 우는 여름날
새벽이다.
삶에 여한을 두지 않기로 한,
맑은
새벽에도 움직이면 덥다.

보라색 종소리

발소리가 들린다.

길은 흙길,

참나무 옆 오동나무가 알아들을 것이다.

살이 차오르지 않은 새 이파리들이 아침 바람을 부른다.

자귀나무 잎이 필 때

앞산 참나무 잎이 하얗게 뒤집어지면

어머니는 "용택아, 비 올랑갑다."

어머니와 참나무 잎은 사흘 뒤에 비를 불러온다.

참나무 잎들을 믿고

가문 감자밭으로 가는 농부들 발소리로

다져진 흙 속에 산수국 날개를 접고 곤히 잠든

부전나비들,

생각이 먼저 짙어진 감자는 땅속에서 흙을 밀어내며 커

가고

오동꽃은 보라색으로 핀다.

다람쥐들은 참나무 가지 사이

허공의 두려움을 딛고 건너뛰고

먹이 찾아 나선 새들은 나비처럼 제 무게로 난다.

꾀꼬리 울음소리가 어디까지 가는지,
캄캄한 땅속 뿌리 끝에서 뜬 노란 새 눈이
실은 허공을 난다.
팽나무
참나무
그리고
오동나무야
손뼉을 쳐서 바람을 부르렴.
구차하지 않으면 괴로울 일도 고통도
따로 필요치 않다.
오, 저런!
머리 위에서
다람쥐가 또다른 가지로 건너뛴다.
마른 흙 속에서 이슬이 눈뜨는 아침
길은 흙길, 흙길 위에 번지는 보라색 종소리,
바람의 탄생을 알리는
다람쥐가 믿는 참나무 옆 오동나무 아래 감자밭을
나는 지난다.

새들은 아침에 난다

바람 없다.

나무들이 마음을 가지런히 가다듬었다.

발걸음에 무게가 없길.

혹, 돌아볼 일이 있느냐. 그러나

오고 가는 길, 비우라.

아니다 싶으면 들지를 말고

과했다 싶으면 얼른 내려놓고

뼛속까지 비운 뒤

새들은 난다.

마음을 정한 데가 있느냐.

그곳에 마음을 다 써라.

편한 두 손, 멀리 가는 눈길,

마른 풀잎 같은 몸. 바람이구나.

힘든 일이나,

앞산에 솟아오른 뭉게구름은 권위와 위엄이 있다.

석양 아래 선 풀잎처럼 자유로워라.

청결은 명경처럼 끝까지 비우는 일이다.

따스한 오후 햇살이 찾아오는 툇마루같이

꽃잎들이 날아와 제 모습을 찾아가리라.
환한, 먼지를 보라. 조용히 두 눈을 감는다.
날 수 있다.

나의 시

나는 내가 시를 쓰지 않았답니다.

달빛이, 바람 소리가 구름 없는 하늘을 지나갔지요.

오월이면 물무늬 피라미 새끼들이 노는 모래밭을 지나는 낮달을 보았지요.

눈이 부신 새잎들이 피어나 박수를 치며

새들을 부르면

연보라색 오동 꽃잎이 종을 치며 땅에 떨어졌지요.

푸른 오디가, 푸른 버찌가 내게 말합니다. 날 봐요. 나를 불러봐요.

지금 나는 이렇게 푸르지만, 곧 붉어졌다가 검게 익어 땅에 떨어질 거예요.

나는 바람 부는 뽕나무가 말해주는 말을 받아썼지요.

꾀꼬리가 이쪽 산에서 저쪽 산으로 강을 건너며 울면

깨를 열개 심으면 열개가 다 돋아나고

보리타작하는 도리깨 소리를 듣고

토란싹이 돋았지요.

마을에서는 맑은 샘물이 솟아났습니다.

샘에는 가재들이 살았지요.

가재들은 구정물을 일으키며 막힌 숨통을 뚫어주었습니다.

방으로 찾아든 달빛을 찍어 달빛 위에 시를 쓰면

달빛이 내 시를 가져갔습니다.

사람들이 뭉게구름으로 목을 축이고

마루에 누워

바람을 불렀지요.

깊은 강에서는 물고기떼가

구름 그림자처럼 서서히 방향을 틀며 놀았습니다.

해 지면 물고기들이 흐르는 강물을 차며 허공으로 뛰어 올랐습니다.

물고기들이 그렇게 해 저문 강물 위에 시를 썼습니다.

나는 내가 시를 쓰지 않았습니다.

마른 흙 위를 걸어

열개의 발가락으로 선명한 발자국을 찍으며 강으로 갔지요.

발가락 사이로 비집고 나온 자운영꽃이 내게 말했습니다.

가지 말아요. 울지 말아요. 나는 떨려요. 나는 겁나요.

이슬비 한 방울이 마른 이마에 떨어지면

지금도 나는

목이 마르고

붉은 속눈썹이 파르르 떨립니다.

젖은 옷은 마르고

하루종일 너를 생각하지 않고도 해가 졌다.
너를 까맣게 잊고도 꽃은 피고
이렇게 날이 저물었구나.
사람들이 매화꽃 아래를 지난다.
사람들이 매화꽃 아래를 지나다가
꽃을 올려다본다. 무심한 몸에 핀 흰 꽃,
사람들이 꽃을 두고 먼저 간다.
꽃이 피는데, 하루가 저무는 일이 생각보다 쉽다.
네가 잊혀진다는 게 하도 이상하여,
내 기억 속에 네가 희미해진다는 게 이렇게 신기하여,
노을 아래서 꽃가지를 잡고 놀란다.
꽃을 한번 보고 내 손을 한번 들여다본다.
젖은 옷은 마르고 꽃은 피는데
아무 감동 없이 남이 된 강물을 내려다본다.
수양버들 가지들은 강물의 한치 위에 머문다.
수양버들 가지들이 강물을 만지지 않고도 푸른 이유를
알았다.
살 떨리는 이별의 순간이

희미하구나. 내가 밉다. 네가 다 빠져나간
내 마른손이 밉다. 무덤덤한 내 손을 들여다보다가
네가 머문 자리를 만져본다.
잔물결도 일지 않는구나. 젖은 옷은 마르고
미련이 없을 때, 꽃은 피고
너를 완전히 잊을 때, 달이 뜬다.
꽃이 무심하다는 것이
이상하지 않다. 사랑은
한낱 죽은 공간, 네 품속을 완전히 벗어날 때 나는 자유다.
네 모습이 흔들림 없이 그대로 보인다.
실은, 얼마나 가난한가. 젖었다가 마른 짚검불처럼 날릴
네 모습은 얼마나 초라한가.
꽃이 때로 너를 본다는 걸 아느냐.
보아라! 나를
너를 까맣게 잊고도 이렇게 하루가 직접적인 현실이 되
었다.
젖은 옷은 마르고, 나는 좋다.
너 섰던 자리에 꼭 살구나무가 아니어도 무슨 상관이냐.

이 의미가, 이 현실이 한밤의 강을 건너온 자의 뒷모습이다.

현실은, 바로 본다는 뜻 아니냐. 고통의 통과가 자유 위의 무심이다.

젖은 옷은 마르고, 이별이 이리 의미 없이 묵을 줄 몰랐다.

꿈속으로 건너가서 직시한 저 건너

현실, 바로 지금 이 순간 꽃은 피고

젖은 옷은 마른다.

일자소식

선선해요.

좋아요. 새벽입니다.

귀뚜라미들이

내 홑이불을 끌어다가 덮고

운답니다.

그 곁을

가을비가 지나다가

부슬거려요.

부슬대는 소리를

잡아다녀봅니다.

한 소식 받아, 한 세월 건너 디딜

끝이

따스한 그대 발밑 온기를

더듬어 찾아드네요.

문득 일어나, 그립다는 일자소식(一字消息)

받아 적음.

정서의 이주

오늘은 놀기로 했다.
지난겨울 폭설로 부러진 소나무 가지 속살이 하얗다.
나는 쓰레기를 두고
다른 일을 못한다.
비를 맞으며 쓰레기를 버리러 간다.
내 몸이 뜨거운지 비가 차다.
아파트 여자들이 내 종종걸음을 곁눈질한다.
빗방울들이 화살나무 끝에 쪼르르 매달려 있다.
저 이슬방울에 고리를 걸어볼까.
쇠고리를 걸고 저쪽 단풍나무 가지에 매달린
이슬방울로 건너가 힘을 보태볼까.
그 옆 백일홍나무랑 자작나무는 몸이 으스스 젖었다.
봄이 올 때쯤, 마른 풀잎들은 마른 만큼 비에 젖는다는 것을
알게 된다.
얘야, 양지쪽 잔디 속을 뒤적거려보았니?
따뜻하면 벌레들도 밖으로 기어나온다.
오늘은 놀기로 했다.
나무들은 쉬지 않아서

무슨 정리든,

정리는 오래 걸리지 않는다. 나도 그걸 배워야 하는데,

이슬방울들이 매달린 나무를 발로 찰까. 손으로 흔들까.

이슬방울들이 백일홍 가지에서 뛰어내린다.

나무를 끝까지 올려다보며

손을 털면 된다.

나무를 흔든 손에 물기가 묻었다.

엉덩이에 문질러 닦는다.

쓰레기를 버리고

그렇지, 부러진 소나무 가지, 그 아래 지나

집으로 간다.

나는 오늘 생각이 저 가는 대로 두고 따로 놀기로 했다.

낮잠 잔 자리에서 빗소리가 들린다.

누가 마른 풀잎들을 눕히며

먼 데서 걸어오고 있었다.

아파트

어쩌다가 내 인생이 아파트 109동과 108동 사이를 걷고 있을까. 모를 일이다.

쓸쓸함이 달콤하게 입안에 고인다. 누가 한 치 앞 인생을 알겠는가. 싸락눈이 실선을 긋는다. 이슬방울 같지만 눈이다. 내 맨손을 때리더니, 맨땅에서 희게 튄다. 튀었다가 땅에 떨어지는 순간 사라진다.

저럴 거면 뭐하러 지상에 내려오나.

외로움도 고이면 쓸쓸하게 살얼음이 낀다. 배롱나무 가지에 잎들이 하나도 없다.

삶이 이리 무색의 소요였으면 좋겠다. 지우는 지금 어디서 무얼 할까.

걷는다. 광석이 사진이 내 블로그에 올라와 있는 것을 보았다. 광석이 죽음 앞에 같이 오열하던 도연이 어깨에 내 손을 얹었다. 사인이는 저쪽에서 땅을 보며 한쪽 어깨로 울고 있었다. 도연이네 집이 내가 처음 가본 아파트였다.

김수영문학상을 받는 날 사진이다. 정희성, 고형렬도 내 곁에 서 있다. 모두 웃었다. 눈발이 굵어지려나. 오래된 그런 사람들이 그리워진다. 발밑에서 조금 굵어진 눈발이 소리도 없이 톡톡 튀어오른다. 차디찬 겨울, 작은 방 초석 위 튀는 벼룩 같다. 못 만날 사람들이 그리워진다는 게 좋다. 서울 어디였는지 모르겠다. 지우가 헤어지면서 오천원짜리 한장을 내 손에 쥐여주었다. 김수영, 그가 살았으면 아흔이 넘었을 거야.

세상의 허물 같은 눈이 그쳤다. 지금 이게 꿈이지, 산다는 것이, 그래 허공이지, 그래 시간이 갔다.

109동 입구 출입문 번호는 #*7824#이다.

맞나? 문득, 뒤돌아본다. 싸락눈 그쳤다가 또 온다.

지우야, 네 시가 없어 쓸쓸하다.

스르르륵, 그리고

문 열린다.

모든 것들의 끝

모든 것들은 끝을 향해 움직인다.
창밖 단풍나무 가지가 이리저리 흔들린다.
매미가 우는 방향, 개구리들이 뛰는 방향,
내가 바라보는 방향, 모두
끝을 향해 있다.
마치 끝이 없다는 것을 알고나 있다는 듯이
개미들이 하루종일 커다란 단풍나무 위로 올라간다.
어머니는 가는귀가 먹은 지 오래다.
처음엔 슬펐으나, 이 나이에 보청해서 듣고 쓸 말이
얼마나 있겠느냐며 손사래를 치신다.
모든 것들이 끝을 향해 움직인다.
어머니의 하루는 점점 어두워지는 걸까.
밝아지는 걸까. 무심해지는 걸까.
어머니는 내가 밥을 달라고 하면 자꾸 뭐? 뭐라고?
지금 뭐라 하냐?고 물으신다.
마치 자기는 끝이 있다는 것을 정말로 알고 있다는 듯이
단풍나무는 사방으로 흔들리다가
천천히 그곳에 정지한다.

안녕, 피츠버그 그리고 책

안녕, 아빠.

지금 나는 버스를 기다리고 있어.

마치 시 같다.

버스를 기다리고 서 있는 모습이

한그루의 나무 같다.

잔디와 나무가 있는 집들은 멀리 있고,

햇살과 바람과 하얀 낮달이 네 마음속을 지나는

소리가 들린다.

한그루의 나무가 세상에 서 있기까지

얼마나 많은 것을 잃고 또 잊어야 하는지.

비명의 출구를 알고 있는

나뭇가지들은 안심 속에 갇힌

지루한 서정 같지만

몸부림의 속도는 바람이 가져다준 것이 아니라

내부의 소리다. 사람들의 내일은 불투명하고,

나무들은 계획적이다.

정면으로 꽃을 피우지.

나무들은 사방이 정면이야, 아빠.

아빠, 세상의 모든 말들이

실은 하나로 집결되는 눈부신

그 행진에 참가할 날이 내게도 올까.

뿌리가 캄캄한 땅속을 헤집고 뻗어가듯이

달이 행로를 찾아 언 강물을 지나가듯이

비상은 새들의 것,

정돈은 나무가 한다. 혼란 속에 서 있는 나무들은

마치 반성 직전의 시인 같아. 엄마가 그러는데

아빠 머릿속은 평생 복잡할 거래.

머릿속이 복잡해 보이면

아빠의 눈빛은 집중적이래.

아빠,

피츠버그에 사는 언니의 삶은 한 권의 책이야.

책이 쓰러지며 내는 소리와

나무가 쓰러질 때 내는 소리는 달라.

공간의 크기와 시간의 길이가 다르거든.

나무가 쓰러지는 소리가

높은 첨탑이 있는 성당의 종소리처럼 슬프게

온 마을에 퍼진다니까.

폭풍을 기다리는

고요와

적막을

견디어내지 못한 시간들이

잎으로 돋아나지 못할 거야.

나는 가지런하게 서서

버스를 기다려야 해.

이국의 하늘, 아빠,

여기는 내 생의 어디쯤일까?

눈물이 나오려고 해.

버스가

영화 속 장면처럼 나를 데리러 왔어.

아빠는, 엄마는, 또 한 차례

또 한 계절의 창가에 꽃 피고 잎 피는 것에 놀라며

하루가 가겠네.

문득문득 딸인 나를 생각할지 몰라. 나는 알아.

엄마의 시간, 아빠의 시간, 그리고 나의 시간,

오빠가 걸어다니는 시간들, 나도 실은 그 속에 있어.

피츠버그에서는 버스가 나무의 물관 속을 지나다니는 물같이 느려.

피츠버그에 며칠 머문 시간들이

또,

그래.

구름처럼 지나가는

책이 되어,

한장을 넘기면

한장은 접히고

다른 이유가, 다른 이야기가 거기 있었지.

책을 책장에 꽂아둔 것 같은

내 하루가 그렇게 정리되었어.

나는 뉴욕으로 갈 거야.

뉴욕은 터득과 깨달음을 기다리는

막 배달된 책더미 같아.

어디에 이르고, 어디에 닿고, 그리고 절망하는 도시야.

끝이면서 처음이고

처음이면서 끝 같아.

외면과 포기보다 불안과 긴장이 좋아.

선택이 싫어.

아빠, 나는 고민할 거야.

불을 밝힌 책장 같은 빌딩들,

방황이 사랑이고, 혼돈이 정돈이라는 걸 나도 알아.

도시의 내장은 석유 냄새가 나.

그래도 나는 씩씩하게 살 거야.

난 어디서든 살 수 있어.

시계 초침처럼 떨리는 외로움을 난 보았어.

멀고 먼 하늘의 무심한 얼굴을 보았거든.

비행기 트랩을 오를 거야.

그리고 뉴욕.

인생은 마치 시 같아. 난해한 것들이 정리되고

기껏 정리하고 나면 또 흐트러진다니까. 그렇지만 아빠,

어제의 꿈을 잃어버린 나무같이

바람을 싫어하지는 않을 거야.

내 생각은

멈추었다가 갑자기 달리는 저 푸른 초원의 누떼 같아.

그리고 정리가 되어 아빠 시처럼 한그루 나무가 된다니까.

아빠는 시골에서 도시로 오기까지 반백년이 걸렸지.

난 알아, 아빠가 얼마나 이주를 싫어하는지.

아빠는 언제든지 돌아갈 준비를 하고 있겠지.

감자가 땅을 밀어내고

자기 자리를 차지해가는 그런 긴장과 이완,

그리고 그 크기는 나의 생각이야.

밤 냄새가 무서워 마루를 통통 구르며 뛰어가 아빠 이불
속에

시린 발을 밀어넣으면

아빠는 깜짝 놀랐지.

오빠는 오른쪽, 나는 아빠의 왼쪽에 나란히 엎드려

아빠 책을 보았어.

공항으로 가는 버스에 오를 거야.

아빠, 너무 걱정하지 마.

쓰러지는 것들도, 일어서는 것들처럼

다 균형이 있다는 것을 나도 알아가게 될 거야.

아빠, 삶은 마치 하늘 위에서
수면을 가만히 들여다보고 있는 바람 같아.
안녕, 피츠버그.
내 생의 한 페이지를 넘겨준 피츠버그,
그리고 그리운
아빠.

낮달

새벽바람이
맨발을 스치고 지납니다.
바람이 어디를 지나왔는지,
눈을 감아도 따라들어오지 않는 메마른 얼굴이 있습니다.
그대를 생각하는 일이 문득문득 하루종일입니다.
산그늘 밖으로 손을 내놓은 나무들,
닭들이 뒤뚱거리며 산그늘을 따라 배추밭까지 나갔습
니다.
늙은 부부가 텃논에서 마른 짚을 묶어 세우고
슬레이트 지붕 처마에 기댄 먹감나무
먹감들이 하얀 서리꽃을 덮고 알맞게 먹물이 드는 동안
마당에서는 이미 마른 감잎들이 끌려다닙니다.
강을 건넌 햇살은 무덤 잔디 위에서 침묵으로 하루가 편
안하였습니다.
거짓 없이 시드는 아름다운 저녁 햇살,
난생처음 그립다며 내게 울던 당신
나는 아직도 그대를 내려놓지 못했습니다.
빨랫줄에 걸린 홑이불 같은 낮달을 끌어다가

꼼지락거리는

내 맨발을 덮습니다.

필경

번개는
천둥과 벼락을 동시에 데려온다.
한 소절 거문고 줄이
쩡! 끊긴다.
노래는 그렇게
소낙비처럼 새하얀 점멸의 순간을 타고
지상에 뛰어내린다.
보아라! 땅을 차고 달리는
저 무수한
단절과 침묵의 발뒤꿈치들을,
제 몸을 부수며 절정을 넘기는
벼락 속의 번개 같은 손가락질들을,
어둠과 빛, 삶과 죽음의 경계를 넘나드는,
그리하여 마침내
그 모든 경계를 지우는 필경(畢竟)을.
번개가 천둥을 데리고
지상에 내려와
벼락을 때려

생가지를 찢어놓듯이
사랑은
그렇게 왔다 간다. 노래여! 어떻게
내리는 소낙비를 다 잡아 거문고 위에 눕히겠느냐.
삶이 그것들을
어찌 다 이기겠느냐.

말이 머문 입술

때로 내 얼굴이 보이지 않는다.
얼마나 슬픔이 깊어져야
울음소리가 땅 밖으로 새어나올까.
구름 한점 없는 우리나라 하늘 아래를
하루종일 걷는다.
동쪽에서 남쪽을 거쳐 해가 서쪽으로 간다.
가만히 있어야 몸이 다 마른다는 것을 아는
몸이 젖은 참나무는 그 자리에 그대로 서 있다.
강가에 반듯이 눕는다.
너무 많이 돌아다녀
숨길 것이 많은 나는
돌아눕고 돌아눕는다.
자꾸 어색하다. 고향에서는 손짓 하나도 숨길 수 없다.
다 들킨 내 몸이, 내 얼굴이 햇살 속에
적응이 안된다.
하늘을 올려다보는 것도
엎드려 캄캄한 바위에 얼굴을 대는 것도
모로 누워 수면을 보는 것도

나는 괜히 수줍다.

낯선 것들, 나도 가을 얼굴이 되고 싶은데

모든 것이 처음처럼 부끄러워 죽겠다.

하루종일 햇살이다.

궁금한 것이 없는

몸보다 날개가 긴 풀여치가 강아지풀 잎에 엎드려 운다.

균형이 맞는 양쪽 다리를 구부리고

빛이 통과한 속날개 두장을 비벼 운다.

강아지풀 줄기 같은 푸른색 긴 더듬이,

그림자를 두지 않은 햇살이 노랗게 튄다.

가을에는 콩밭에 부유하는 먼지들도 얼굴을 갖는다.

내 집은 강가에 있다.

절망은 죽지 않고 자란다.

퍼내도 퍼내도 턱까지 차올라 말문을 막는 슬픔도 있다.

외로움이 고이면

썩어 메마른 입술이 된다. 말이 머문 입술에는

홀로 저녁밥을 먹는 집 창호지 문살처럼 외로움이 고인다.

어느날이었다.

마치 세상의 끝을 다 보았다는 듯이

까만 점으로 사라졌다가 어느 봄날 문득, 저 높은 공중에서

까만 점으로 돌아온 제비들이 수면을 차며 날아올랐다.

아이들아!

제비가 돌아왔다!

젖은 논흙과 지푸라기를 입에 물고 제비가 돌아왔다.

산을 데리고 구름 속으로 숨어버린

잔고기들아, 소낙비로 나오너라.

산을 그리며 내려오너라.

초가을

지구의 모든 작용 중에서 나는

풀여치의 푸른색 노래를 따르기로 한다.

그늘 속에서 더 짙어지는 남청색 달개비꽃의 얼굴로

문득 모든 풍경들이 생소해지는 이 호젓한 외로움,

씨는 눈을 감아야 어둠 속에서 단단히 여물어간다는 것을 깨닫는다.

나는 여태 그걸 몰랐다.

파삭 깨진 서쪽 하늘
저녁놀이 없다.

그해 여름

공중에서 제비들이 사라진 지 오래되었다.

그해 여름 매미는 일생이 비였고

날지 못한 하루살이도 일생이 비였다.

기가 막힌 숲은 비를 받아 내리며 우울한 나날을 보냈다.

산딸기들은 단내를 잃은 채 젖은 얼굴로 땅에 떨어졌다.

다리 젖은 개미들은 긴 여행의 집을 수리하지 못했다.

귀뚜라미들은 음유를 잃고

나의 방 창호지 문에 들이친 비가

방으로 들어오려는 순간의 달빛을 문밖에 세워두었다.

문이 무거워졌다. 강기슭 방에 갇혀 있던 나의 시는

버들잎을 타고 떠내려오는 어린 초록 메뚜기 손을 잡고

가까스로 한쪽이 무너진 버들잎 나룻배의 무거운 손님이
되었다.

팅팅 부은 달팽이들의 퀭한 분노의 눈빛들,

술꾼들에게 쫓겨나 처마 밑에 누운 수척한 우산 속의 빗
줄기들

어머니는 기둥 끝에 닿은 강물을 피해 캄캄한 밤 집을 떠
났다가

강물이 잠깐 물러가면 젖은 빨래들을 짜며 귀가했다.

행적이 묘연한 이상한 지구의 그해 여름 전선 없는 게릴

라 폭우,

비. 비가 새는 집, 이 모든 것들을 제 몸에 실은 범람한 강물은

내 친구의 집 마당을 지나 현관으로 들어가 신발을 가져갔다.

맨발로 물 쓴 고추를 따러 간다.

농부들의 발이 굼벵이처럼 땅속에 묻힌다.

그해 여름, 어둔 땅속에서

칠년을 기다렸다가 일주일을 살다 간

날개 젖은 매미들은 일생이 비였다.

어머니, 그 부근

아내와 어머니가
비닐하우스 뼈대를 타고 오른 호박넝쿨 속에서
호박을 찾는 소리가 들린다.
여기요?
아니다, 그쪽이다. 아니, 조금 이쪽.
여기요?
아니, 그래, 그렇지 거기.
여기 있네요.
애호박은 아내 주먹보다 크다.
아내는 호박잎 뒤에 숨은 호박을 다섯 덩이나 찾았다.
어머니는 가을 햇살과 바람이 하는 일을 알고나 있다는
듯이
애호박을 동글납작하게 자른 다음
오래된 시멘트 담장 위에
마른 지푸라기 두개로 바람과 햇살의 선로를 놓고
간격과 줄을 맞추어 나란히 넌다.
한쪽이 사라진 반달을 채운 호박들이 몸을 뒤틀며 마른다.
툇마루 대추는 어머니 젖가슴처럼 쪼그라든다.

그럴 리가 없는데, 달에 집을 지으려는가,

박새가 햇지푸라기를 물었다.

앞산 그림자가 강물에 잠겼다.

고요는 강물의 것이 아니다.

큰집 형님은 무를 뽑아들고 강을 건너온다.

하얀 무 몸에서 벌써 마른 흙이 떨어진다.

큰물에 떠내려온 새 자갈들이 하얗게 몸을 드러냈다.

돌고기 새끼, 갈겨니 새끼, 납자루 새끼, 피라미 새끼들이

잔자갈에 몸을 부비며

물살을 일으킨다.

지난여름 강물이 마을회관 마당까지 왔다 돌아간 흔적이

아직도 선명하다.

들깨는 세번 쓰러지면 세번 일어나고

다섯번 쓰러지면 다섯번 일어난다.

꺾인 곳이 곧 짚고 일어설 무릎이 된다. 이음새가

다 닳아버린 무릎뼈에서 뿌리를 키우시는 어머니는

해 아래 녹슨 괭이자루에 기대서 있고

아내는 토란을 캔다.

친정에 온 누이는 토란을 주워 담는다.

빈 집터 묵은 마당에서 자란 토란은

아이들의 발등도 덮지 못할 깊이에서 구근을 박았다.

오래 밟아 목이 마른 먼지가 산그늘 속 우물물을 찾아간다.

나는 아직도 툇마루다. 하루종일 쉬지 않고 일하는

종길이 아재는 밥 먹는 것도 잠자는 것도, 일이다.

산벚나무는 벌써 잎이 다 지고

팽나무 잎이 노랗다.

칡넝쿨이 묵은밭을 완전히 장악한 지 오래다.

종현이, 복두, 정수, 재호, 정용이, 우리 밭이

산이 되었다. 나무들이 자라는 비탈진 저 산을 어찌 개간

했을까.

 밭 가운데 이끼 낀 바위 밑에는 능구렁이가 살고

 그 바위 위에서는 마디마다 뿌리를 내릴 줄 아는 돌나물

이 잘도 자랐다.

 오래된 책 속에 나나니벌이 집을 짓는 나의 방 앞

 좁은 툇마루

 어느날 나는 아버지와 나란히 앉아 물을 보고 있었다.

무슨 말을 했을 텐데 생각이 안 난다.

지는 햇살 속에서는 하루살이들의 부유도 빛난다.

산그늘은 늘 나를 긴장시킨다.

앞산 밭으로 난 길을 따라

사람들이 산을 내려올 때

강물을 차고 뛰어오르는 물고기떼의 물 차는 소리를 들
으며

나는 퍼뜩 정신이 돌아왔다. 가자. 가야 하는데, 나는

지난여름 범람해 자기 땅을 되찾은 강으로 갔다.

어린 날 우리와 놀아주던 낯익은 돌들이 낯선 나를 보고
놀란다.

상처가 더 깊어진 큰집 논에 흰 자갈이 가득하다.

물고기들은 집을 찾아들고

강물은 이미 산굽이를 돌고 있다.

강에서 돌아온 나는 툇마루를 떠나지 않았다. 어머니는

꽃가마 타고 시집온 날 처음 발을 내린 큰집과

물을 긷던 이웃 숙희네 집 샘가에서 생각과 발길이 멈춘다.

아무도 말리지 않은 산그늘이 우물을 지나

강 건너 묵은밭에 자란 잡목숲을 덮는다.
다시는 강을 건널 수 없는 어머니의 무릎,
한쪽이 사라진 낮달이 지고
씨가 잘린 호박 속이 어둠 속에서
더 희다. 나는 하루종일, 엑스레이 사진 속
한쪽이 사라져버린 어머니의 엉치뼈,
그 뼈끝같이 경계가 지워진 희미한 낮달가를 맴돌았다.

내가 살던 집터에서 마지막 기념 촬영

논두렁콩이 잘되었다.

구멍이 숭숭 뚫린 런닝구, 어머니의 살은 콩알처럼 햇볕
에 탄다.

콩은 베지 않고 꺾는다.

뿌리째 뽑히기도 해서 흙을 탈탈 털며 휴대폰을 받는다.

응, 응, 응, 그래 잘 있다. 너는? 올해는 콩들이 다닥다닥
붙었구나.

그래, 한달이 크면 한달이 작기 마련이다.

올라갈 때가 있으면 내려갈 때가 있지.

말은 그렇게 하지만, 어머니, 그건 이제 야생 감나무에게
도 해당되지 않는 옛말입니다.

나는 다달이 작아지고, 넘을 고개는 오를수록 까마득하
게 가파르기만 합니다.

내년이 있어서, 농사꾼들은 그래도 그 말을 믿고 산단다.

퇴근할 때 붓꽃을 꺾어들고 강 길을 걸었다.

아내는 강 건너 밭둑에서 나물을 뜯고

아이들은 보리밭 매는 할머니 곁에서

강 건너온 흰나비를 쫓으며 놀았다.

할 말이 많은 날 아내는 오래 고개를 들지 않았다.

저문 산을 머리에 이고 징검다리를 건너면

강물에 어른거리는

햇볕에 이마가 따갑다는 것을

아내도 알게 되었다. 바짝 메마른 입술,

하얀 수건을 쓰고 아내가 마당에 앉아 콩을 털 때쯤이면

마른 감잎들이 마당 구석으로 끌려갔다. 아이들은 달아나는 콩을 줍고

어머니는 강 건너 밭에서 콩을 가져왔다.

뒤틀린 마른 콩깍지 끝에서 불꽃이 일고 콩깍지가 터지면서 다시 뒤틀리고

한쪽 얼굴이 까맣게 탄 콩이 튀어 부엌 바닥으로 떨어졌다.

강변에서는 찔레꽃 붉은 열매가 익는다. 콩이 많이 열기도 했구나.

올해도 빈 콩깍지같이 빈집 몇채가 저절로 폭삭 내려앉으며,

뿌옇게 먼지를 일으키고 마을에서 사라졌다. 집이 사라지니,

저쪽 들길이 문득 나타나 텅 비었다.

허망하다.

벌레 먹은 콩잎, 그 구멍으로 햇살이 새어들고,

구멍이 숭숭 뚫린 런닝구 사이로 어머니의 살은 붉게 탄다.

우리집 바로 뒤 당숙모네 집은 이제 영원히 사라졌다.

무게

풀잎처럼 바람을 따라갈 수 있느냐.

어머니는, 지팡이도 없이 바람만바람만 바람을 따라 논
밭으로 오간다.

천둥과 번개, 비바람과 눈보라, 달빛과 봄비가 하라는 대로

다 한다. 이제는 몸도 마음도 무게가 없는지

바람이 실어가는 저 애달픈 지렁이 울음소리도 믿고 따
라가 잠들고

이 세상에서 사라지는 시린 가을 물소리 끝에서도 되살
아나온다.

텃논에 밀잠자리들이 날고

어머니는 가만가만 잠자리 나는 자리를 찾아 잠자리 날
개에서 쏟아진

햇살을

달로 자아올린다.

섬진강 30
1970

공장 담벼락 응달 밑 눈이 다 녹았다.
동무들이 새로 불어났다.
양지쪽 시멘트 벽에 기대서서 해바라기를 한다.
자기 동네 누가 새로 서울로 올라왔다고도 하고
고향 마을 돌담이 헐리고 초가지붕이 뜯긴단다.
좁은 빈터에서 동무들이 배구를 한다.
갈라진 시멘트 바닥 틈으로 민들레 새싹들이 돋았다.
남쪽 마을 언덕에 느티나무 까치집을 새로 짓고
남쪽 가지부터 새순이 눈틀 것이다.
아버지는 강 건너 산밭으로 거름을 지고 오르고
어머니는 보리밭을 매겠지.
누이는 중학교에 잘 갔는지. 입학금은 어떻게 냈는지.
일요일이면 어머니는 동생들 차비를 구하러
이웃 마을 골목길을 달음질하고
동생들은 쑥 돋는 논두렁에 서서
하얀 뿌리가 나올 때까지 땅을 차며 서 있을 것이다.
때 낀 배구공이 하늘로 솟아오르고
동무들의 함성 소리가 들린다.

바닥이 다 보이는 강물 속 돌멩이같이 해맑은 얼굴들,

봄볕은 가난한 얼굴들의 그늘까지 벗긴다.

붕대 감은 손이 자꾸 욱신거린다.

고향으로 다시 갈까.

직장을 옮길까.

가난한 사람들에게

가난이 약속된 땅은 서러운 땅이다.

나도 발끝으로 땅을 툭툭 찬다.

돌부리가 걸렸는지 발가락이 아프다.

이가 마주치는 이 가난,

돌멩이 끝이 보인다.

흩어진 흙을 모아 다시 돌멩이를 덮는다.

햇살 때문인지

이마가 뜨겁다.

그해 그 봄

나는 그렇게 서울

영등포에 있었다.

섬진강 31

봄볕에 마르지 않을 슬픔도 있다.
노란 잔디 위 저 타는 봄볕, 무섭다. 그리워서
몇 굽이로 휘어진 길 끝에 있는 외딴집
방에 들지 못한 햇살이 마루 끝을 태운다.
집이 비니, 마당 끝에 머문 길이 끝없이 슬프구나.
쓰러져 깨진 장독 사이에 연보라색으로 제비꽃이 핀다.
집 나온 길이 먼 산굽이를 도는 강물까지 간다.
강물로 들어간 길은 강바닥에 가닿지 못해
강의 깊은 슬픔을 데리고 나오지 못한다.
봄볕에 마르지 않는 눈물도 있다.
바닥이 없는 슬픔이 있다더라.
외로움의 끝, 강 끝이 너를 부르면 내가 다 딸려간다.
바람의 끝에서 문득 나는 새여,
속으로 우는 강물이 땅을 딛지 못하는구나.
목줄이 땅기는
사랑이 없다면, 강물이 저리 깊이 타들어갈 리 없다.
집이 왼쪽으로 기울었으나,
나는 눈물이 새는 집 뒤꼍에 가서 하늘을 본다.

그리움을 죽이며
바닥없는 슬픔을 깊이 파는
강물 소리를 나는 들었다.

섬진강 32

문득
잠에서 깼다.
이야기가 이어지지 않은 어머니 생각으로 정신이 번쩍
든다.
어머니의 뒷말을 찾던 아내는 옆에 잠들어 있다.
기운 달빛은 마을을 빠져나가고
열린 문틈으로 들어오는 소슬바람 결을 따라
풀벌레 울음소리가 끊긴다.
문득 생이 캄캄하다.
별빛 하나 없는 밤에도 강을 건너
콩밭의 경계를 찾아 더듬거리던 뿌리를 거두어들이며
어머니가 강가에 선다.
아가, 강 저쪽이 왜 저리 어둡다냐.
강물이 내 발밑에 와서 죽어나가는구나.
어머니, 밭들이 다 묵어 산으로 돌아갔습니다.
그래, 이제 나도 돌아갈 일만 남았다.
물이 흐르는데, 물이 흐르는데, 강을 건널 힘이 없어
이제 내 눈이 저 건너 강기슭에도 가닿지 못하는구나.

저 밭, 내 생이었던 저 밭의 곡식들, 내가 내 눈에 가물거리는구나.

밭을 매던 동네 사람들은 다 어디 갔다냐.

내 살을 허물어준, 내 손톱을 가져간 저 밭에 자갈들이
뒹굴며 나를 부르는구나. 숨이 차다.

아무것도 회수할 수 없는 삶이 이리 허망하다.

퍼낼 수 없는 오래 묵은 생의 슬픔이 고인다.

그러나 무엇이 슬픈가.

슬픔도 환하게 강에 비운다.

잠든 어머니의 강가에는

구절초 꽃이 피어 있다.

이 발걸음으로 앞선 저 물살을 어찌 따라잡을까.

일생이 강이었던 어머니의 옛 강에 나는 누웠다.

새벽이다.

섬진강 33

시 쓰는 문재란 놈이 웬일로 새벽 세시 여수행 열차에서 전화한다.

형, 똥 쌌어?
굵어?
똥은 굵어야 돼.
내 똥은 가늘어. 암 걸렸나봐.
똥이 중요하지.
방구는 섬진강 물속 붕어가 깜짝 놀라 땅으로 튀어오르게 크게 뀌고.
알았지? 하고, 일방적으로 흐르는 새벽 강물처럼
일방적으로 전화를 끊는다.
이런……

여수행 열차는 술 취한 문재를 싣고 달린다.
갑자기, 나, 똥 마렵다.

꽃바람

꽃바람 들었답니다.
꽃잎처럼 가벼워져서 걸어요.
하얀 뒤꿈치를 살짝 들고
꽃잎이 밟힐까, 새싹이 밟힐까
사뿐사뿐 걷지요.
봄이 나를 데리고 바람처럼 돌아다녀요.
나는, 새가 되어 날아요. 꽃잎이 되어,
바람이 되어
나는 날아요.
당신께 날아가요.
나, 꽃바람 들었답니다.
당신이 꽃바람 넣었어요.

처음은 다 환했다

매미가 운다.
매미 소리에게 내 마음을 준다.

남보라색 붓꽃이 피었다.
꽃에게 내 마음을 준다.

살구나무에 바람이 분다.
바람에게 내 마음을 준다.

날아가는 나비에게
가만히 서 있는 나무에게 마음을 주면
나비도 나무도 편해지고
내 마음이 편해진다.

흘러가는 저기 저 흰 구름에게
마음을 실어주면
이 세상 처음이었던 내가 보인다.
처음은 다 환했다.

적막의 발언

신발독에 벗어놓은 신발을 다시 한번 나란히 손보아놓고
방문을 닫고 싶다.

책 한권 없는 빈 골방

빈 벽에 붙은 먼지를 후후 불어 털어

방바닥에 쌓인 먼지를 손바닥으로 쓸어내고

햇살이 비쳐오는 밝은 쪽 봉창 아래 앉아,

돌아눕고 돌아눕던 내 젊은 날의 헐벗은 어깨, 형형한 눈
빛, 텅 빈 얼굴로

나는 아득하여,

아득했던 그 반역의 막막함으로,

외롭던 그 유배의 길로,

그러기 위해 나는 아직 혼돈의 거리에 있어야 한다.

외롭지 않으냐. 버리고 얻기 위해서는

얻어, 버리는 일은,

영혼을 파먹는 어둠 속의 붉은 혀처럼

비명 없이 오래 묵은 침묵이 썩어 발효된다.

돌아갈 길을 두지 말라. 어설픈 사랑을 하지 말라.

나무에게도 산에게도 강에게도

손들어 두 손을 펴보니,

손금들이 희미하게 살아 있구나.

그러나 나는 이제 너를 더이상 들여다볼 일이 없을 것이다.

미련 없는 자의 냉혹한 뒷모습을 꿈꾸며 나는 살고 있다.

고민에 쉽게 동의하지 말라.

번뇌의 이해에 쉽게 응하지 말라.

강 언덕들을 무너뜨리는 저 직선의 무서운 삽날처럼,

나는 현장에 너무 깊이 발을 내렸다.

자본이 반성하는 것을 보았느냐.

내 시는 가난하다 못해 거지가 다 되었다.

마음이 정돈되지 않은 날들의 연속이다.

이보게, 나보고 고향 마을 뒷산에 서 있다가 팔려가는 저 등 굽은

소나무들같이 머리를 풀고 고속도로에서 울란 말인가.

나무들은 정돈을 위해 얼마나 오랫동안 세파와 싸우는가.

마음을 가지런히 정돈한 나무들처럼

석양을 맞을 그런 저녁이 내게 오지 않을 것이다.

그러나 나는 내 생의 한쪽 구석에 놓여 있는

내 청춘의 적막과 고요의 발언을 알고 있다.

그것이 내 생을

자꾸 흔들어 깨우고 또 모질게 정돈해줄 것이다.

온몸이 봄 감자처럼 오그라들 것 같은

봄날이 없는 시인이 어찌 절망의 땅을 디디리.

사랑이 자유가 되고 자유가 사랑이 될 때까지

세상이 너를 막다른 골목으로 몰아갈지라도

두려움에 떨지 말라. 그리고 너는 아무것도 바라지 말라.

끝이 까맣게 탄 강물만이 세상을 애타게 찾아간다.

아무튼, 그러나, 그러니까 나는, 나를 향해 직각을 넘어

휘지 않고

버틸 것이다.

버틸 때만 양끝은 불꽃처럼 파르르 떨며 세상을 부르고

온몸이 녹슬지 않는다.

유배의 길이 멀다.

변모 속의 지속

박수연

　김용택은 언젠가 문학 강연에서 자신의 시를 '어머니 말씀을 받아 적은 것'이라고 말했다. 누님이나 누이로 변용되기도 하는 그 '어머니'가 모성의 원리로 통하리라는 사실을 아는 것은 어렵지 않다. 그 상상이 자연에 내재한 생명의 능력으로 이어지리라는 점도 그렇다. 그런데 그 자연이 인간의 능력을 벗어나 있는 것들에 대한 비유이기도 하다는 점은 더 주목할 필요가 있다. 그의 첫 시집에 "물들은 스스로 흘러 모여/제 깊이를 만들어 힘을 키우고" "이거 보라고, 이 주먹들을 보라고/불쑥불쑥 주먹들이 솟는구나."(「섬진강 6」, 『섬진강』, 창작과비평사 1985)라고 씌어진 언어들은 시가 발표될 당시의 시대 속에서는 강물로 표상된 민중들, 요컨대 인간의 역사를 이끌어가는 집단적 주체의 형상이라고 해석되었다. 역시 당대적 맥락에서 "저무는 섬진강을 따라가며 보라/어디 몇몇 애비 없는 후레자식들이/퍼간다고 마를 강물인가를."(「섬진강 1」)이라고 힘주어 쓴 시도 그렇게 의미화되었을 것이다. 저 군부 파시즘의 시대에는 지배와 피지배가 선명하게 대립하는 역사적 구도가 그어져 있었다. 이때 '섬진강'은, 지금 빼앗길지언정 결국 빼앗기지 않고 해방되는 인간의 형상을 대리표상하고 있는 것이다. 그런데 시를 가만히 읽다보면 그런 해석만 가능했던 것도 아니다. 인간에 의한 세계 파괴가 엄청난 속도로 자행되고 있는 오늘날에 이르면 "어디 몇몇 애비 없는 후레자식들"은 고스란히 자연에 대립하는 인간의 형상 그 자체가 아닐 수 없다. 자연에서 나서 자연으로 돌아갈 인간이 그 대지모신(大地母神)의 생명을 파괴하고 있는 모습은 바로 "애비 없는 후레자식" 외에 아무것도 아니기 때문이다. 그러므로 '섬진강 물이 마를 리 없다'고 선언하는 것은 시인의 발화 위치가 그 "후레자식"으로서의 인간에게 대립하는 자리에 있음을 드러내는 것이다. 이런 면에서 볼 때, 그의 시는 일찍이 비인간의 어떤 경지를 '섬진강'이라는 소재로 흘려보내고 있었다고 할 수 있다. 물론 그것은 당대의 맥락에서는 잠재적으로만 그렇다. 그때는 사람들의 문제가 먼저 해결되어야 한다고 생각되던 때이기도 하다. 그 시대를 우리는 인간 해방의 역사적 보편성이라는 말로 기억한다.

이번 시집 『키스를 원하지 않는 입술』에서 여전히 「섬진강」 연작이 발표되고 있다는 사실이 그와 관련하여 주목되어야 할 것이다. 이것은 그의 시의 뿌리가 예나 지금이나 유사한 세계에 드리워져 있음을 뜻한다. 여기에는 물론 차이가 두드러진다. 과거의 '섬진강'이 폭발하는 정서를 안으로 갈무리하면서도 시적 청자에게 격한 대화나 선언을 보여주고 있다면, 지금의 '섬진강'은 격렬한 정서와 선언의 언어가 아니다. 현재의 화자가 과거의 자신을 회상하는 장면으로 구성된 「섬진강 30」의 시작에서 끝에 이르기까지 시의 정조를 지배하는 것은 패배감과 우울이다. 화자는 공장에서 새로운 동무를 만난다. 각자의 고향 이야기를 전해 듣는 사람들은 제각각의 가족 생각으로 빠져들고 곧이어 어떤 숨막히는 모의에 도달한다.

가난한 사람들에게
가난이 약속된 땅은 서러운 땅이다.
나도 발끝으로 땅을 툭툭 찬다.
돌부리가 걸렸는지 발가락이 아프다.
이가 마주치는 이 가난,
돌멩이 끝이 보인다.
흩어진 흙을 모아 다시 돌멩이를 덮는다.
햇살 때문인지
이마가 뜨겁다.

──「섬진강 30」 부분

비애와 설움의 회상으로 점철된 시간은 그와 연관되어 지금까지 살아온 모든 존재들을 투사로 만들었을 것이다. 돌멩이를 파내고 다시 흙 속에 덮어두는 행위는 그 존재들의 대사회적 실존을 위한 싸움의 한가지 상징이다. 시의 화자는 그 싸움의 상상만으로도 머리가 뜨거워졌을 것이다. 그러나 시의 언어는 차분하고 조용하다. 돌멩이로 상징되는 싸움과 햇살 뜨거운 이마의 격렬함을 둘러싼 회상의 시간 속에서 저 들끓어올랐을 청춘의 핏줄들이 무채색 상념으로 전이되어버린다. 예전 같았으면 돌멩이는 다시 묻히지 않고 허공을 갈랐을 것이다. 이 상념과 애잔함은 어디에서 연유하는 것일까. 이 상념은 삶의 패배의식인가 아닌가.

　　이 저녁
　　지금 이렇게 아내가 밥 짓는 마을로 돌아가는 길, 나는
　　아무런 까닭 없이
　　남은 생과 하물며
　　지나온 삶과 그 어떤 것들에 대한
　　두려움도 비밀도 없어졌다.
　　나는 비로소 내 형제와 이웃들과 산비탈을 내려와
　　마을로 어둑어둑 걸어들어가는 전봇대들과
　　덧붙일 것 없는 그 모든 것들에게

이렇게 외롭지 않다.
혼자 버스를 타고 집으로 돌아가는
지금의 이 하찮은, 이유가 있을 리 없는
이 무한한 가치로
그리고 모자라지 않으니 남을 리 없는
그 많은 시간들을 새롭게 만들어준, 그리하여
모든 시간들이 훌쩍 지나가버린 나의 사랑이 이렇게
외롭지 않게 되었다.

　　　　　　　　　　　　　—「이 하찮은 가치」 부분

　이 시가 시집의 맨 앞에 놓여 있다는 사실이야말로 김용택
이 이번 시집에 부여한 위치를 알려준다. 집으로 향하는 저
녁길은 한 생애의 황혼에 대응할 것이다. 살아 있는 누구
나 겪어야 할 그 길을 김용택이 묘사할 때, 지난 연대(年代)
의 뜨거운 목숨들과 언어들이 모두 빨려들어갈 수밖에 없
는 것은 김용택이 바로 그 목숨들을 표현하는 언어들의 주
인이었기 때문이다. 평생을 살아왔을 존재들이 모두 회오
리쳐 들어갈 황혼길은 어떤 길인가. 일반적인 상상의 격렬
함과는 달리, 그 황혼길은 후회도 비탄도 없는 길이다. "삶
과 그 어떤 것들에 대한/두려움도 비밀도 없어졌"으므로 시
의 화자는 완연히 넉넉한 태도를 세상 앞에 내보인다. 이 태
도가 현실 초월의 지나친 관념도 아니고 패배적 방기의 위

장된 호도도 아니라면, 삶의 황혼에 맞는 여유란 실제로 세계 전체의 무게에 상응하는 무엇인가를 가지고 있어야 할 것이다. 그 무엇인가가 "지금의 이 하찮은, 이유가 있을 리 없는/이 무한한 가치로" 표상되는 곳에 시인은 자리하고 있다. 이를테면 하찮고 이유 없는 존재들의 무한가치가 세계 전체의 무게에 상응하는 것이다.

이것만이라면 이 시는 언젠가부터 한국 시의 한 영역을 채우고 있는 생태적 상상력의 변형쯤으로 이해되는 것에서 그칠 것이다. 김용택 시의 최초 발성법을 알고 있는 독자들은 이 이해에서 한 걸음 더 나아갈 수 있다. 그것은 산과 누이(어머니), 그리고 그 산의 역사에 대한 시적 상상력의 모습이다. 김용택에게서 그 소재와 상상이 집요하게 반복되고 있다는 사실을 전제하면서 볼 때, 그의 저간의 시에 공통적으로 반복되는 이미지들은 특히 의미심장하다. 그것은 이 시의 앞부분에서 진술된 "눈물이 고이는 산"의 이미지이다. 정확히 말하면 그 산과 연관된 삶의 주인공들이 흘리는 눈물이라고 해야 할 것이다. 그 눈물을 누이나 어머니의 이미지와 연관시킬 때, 그의 첫 시집에 있는 시 「섬진강 4」의 정황이 결정적으로 고려되어야 한다. 누이는 어딘가로 떠난 사람을 그리워하며 살다 "스스로 징검다리를 건너 산자락을 들추고 산그늘 속으로 사라진 후 영영 돌아오지 않"(「섬진강 4」)는다. 요컨대 김용택에게 "눈물이 고이는 산"이란, 역사적 인내와 희생과 소멸을 거친 존재들에 대한 추념, 그리고 그들의 역사적이면서도 유구한 재생과 관련되는 것이다. 「이 하찮은 가치」는 김용택의 그 문학적 동기가 여전히 유효하다는 사실을 알려준다. 이런 의미에서 이 시는 생태적 상상력을 오래전에 포괄하면서 뛰어넘어 있다.

그러나 그 유효성은 차이를 동반한다. 「섬진강 30」의 변화된 발성법도 그렇지만, 「이 하찮은 가치」에서 직접적으로 표명되고 있는 평등 존재들의 무한가치야말로 만년에 이른 시인의 여유있는 사랑법을 보여주는 것인데, 이 평등 존재들을 드러내는 발성법이 차분하고 조용하다는 사실과 함께, 그것의 동기가 되는 세계 인식으로서 '하찮고 이유 없는 존재들의 무한가치'를 주목해야 한다. 세계의 목숨들은 모두 동일한 가치를 가진 존재이다. 하이데거가 말하듯이, 시의 언어를 통해 세계의 본질이 왜곡되지 않고 드러날 수 있다면, 이로써 가능할 세계상이 곧 존재의 민주주의에 해당할 것이다. 그 세계를 '이유 없는 무한가치들의 하찮음'이라고 명명함으로써 김용택은 한번 더 의미를 뒤집는다. 중요한 것들을 상정한다는 것은 그것들을 중심으로 한 세계의 위계 모델을 전제한다는 것이다. 김용택의 시는 그 반대편을 지향한다. 모든 것들은 하찮기 때문에 위계화되지 않는 것들이다. 더 중요하고 덜 중요한 가치가 있는 것이 아니라 모두 평등한 무한가치의 세계가 눈앞에 펼쳐진다. 역사의 종말 이후의 신세계가 바로 그럴 텐데, 이 경지를 한꺼 번에 끌어안는 존재가 있다. '어머니'가 바로 그 존재이다.

김용택 시의 어머니는 첫 시집에서부터, 그의 역사적 누이와 함께, 가장 중요한 상상력의 동력이었다. 그가 시를 어머니의 발성으로 환원시키는 것은 그로서는 가장 근원적인 시적 능력을 고백하는 것이었던 셈이다. 그 능력이 어머니의 말씀을 받아 적은 것이라는 그의 말이야말로, 실제로는 모든 시인들의 발성에 대한 사실적 진술일 것이다. 첫 시집에서부터 지속되고 있는 그 '받아쓰기'가 결국, 어머니의 대지모신적 성격과 연결되어 그의 시의 근본 원리를 땅의 생명에 대한 존중으로 나아가게 만드는 것이었다. 그것도 단지 기원적 의미에서의 '땅의 생명성'에 그치는 것이 아니라 현실의 역사적 상상력과 결합된 존재로서의 어머니가 그것이다. "눈물이 고이는 산"의 이미지가 언제나 항상 결부되는 것은 그 때문이다.

요컨대, 김용택의 어머니는 신화적이면서 현실적이다. 현실은 그 어머니 대지의 상상력과 정 반대편의 흐름을 보여준다. 김용택이 단지 손쉬운 화해의 어머니 영역으로 물러난 것이 아니라는 사실을 독자들은 「정면」과 같은 시를 통해 경험할 수 있다. 일제 식민지와 한국전쟁을 거쳐 현대에 이르러서도 트라우마처럼 반복되는 역사적 상처가 시인에겐 있는데, 그것을 극복하고자 하는 집념도 역시 집요하다.

이 집요함이 새 세상을 가능케 하리라는 점도 분명하다.

> 나는 나의 아들과 딸에게
> 어느 쪽이냐고 되묻지 않을 것이다.
> 어둠 저쪽에서 후래시 불빛을
> 얼굴에 들이대며
> 너는 어느 쪽이냐고 묻는
> 정조준된 총구는
> 오랜 세월 나를 향해
> 그 얼굴이 그 얼굴이다.
> 너희들 검지손가락 끝마디에 방아쇠는 늘 걸려 있다.
> 그러니
> 어디
> 쏠 테면 한번 쏴봐라.
> 나는 이제 떨지 않으란다.
>
> ──「정면」 부분

"쏠 테면 한번 쏴봐라./나는 이제 떨지 않으란다."라는 진술은 여전히 왜곡된 현대사의 진실을 정면으로 바라보겠다는 시적 선언이다. "너는 어느 쪽이냐"는 질문으로 상징되는 한국 현대사의 질곡은 여전한데, 이에 대응하는 시인의 자세 또한 결기로 충만하다. 그런데 이 분명한 현실 대응의 자세가 그의 시적 출발의 또다른 면모이기도 하다는 사실을 알아두어야 한다. 그의 시는 섬진강에 대한 일반의 세속적 이해가 상정하기 마련인 낭만적 도피와는 무관하다. 오히려 치욕적 현실에 맞서는 이 결기가 그의 시의 참된 목소리가 되기도 한다는 사실은 "전율하던 그 하얀 공포,/치명적인 치욕, 무서운 현실/오! 시,/시였어."(「달콤한 입술」)라고, 시적 창조의 순간에 임한 시인의 격렬한 고백을 통해 분명히 드러난다. 이처럼, 현대사의 비극과 시적 창조의 순간이 거의 등가의 치열한 현실로 유비된다는 점이야말로 김용택의 시적 상상력이 보여주는 특이성일 것이다. 이런 특이성은 또 있다. "현실은, 바로 본다는 뜻 아니냐. 고통의 통과가 자유 위의 무심이다./젖은 옷은 마르고, 이별이 이리 의미없이 묵을 줄 몰랐다./꿈속으로 건너가서 직시한 저 건너/현실, 바로 지금 이 순간 꽃은 피고/젖은 옷은 마른다."(「젖은 옷은 마르고」)에서도 '현실'이 시적 관심사이다. 시인은 현실의 저 냉혹한 무정함에 주목한다. 이별의 상처 따위는 아랑곳하지 않는 현실의 그 '무심함'이 그러나 "고통의 통과"로써만 도래할 수 있는 것이라면, 무심함이란 결국 뜨겁게 흔들리며 흘러가는 삶일 수밖에 없다. 「달콤한 입술」에서처럼 '시의 현실'이 "공포"이자 "치욕"으로 매개되는 것도 그 때문이다.

그런데 이 문학적 현실이 실제의 현실과 혼동되는 것은

아니다. 지금 이곳의 현실은 명백히 비판받아야 할 현실이다. 「농사의 법칙」은 시인의 그 현실 인식을 가감 없이 보여주는 대표작이다.

> 무생물이 생물을 낳고 생물이 무생물을 낳고
> 무생물이 무생물을 낳는다.
> 불임이 없는 무서운 좀비들,
> 끝없이 새끼 치고 고립시켜 파괴하고, 오, 이런! 우울을 모르는
> 비생물적으로 매정하고 개체적인, 그래,
> 인류는 해석을 잃었다.
> 다 알고 있듯 석유는 생명이 아니다.
> 기계가 눈물을 흘리는 영화는 제국과 자본의 사기다.
>
> ──「농사의 법칙」 부분

자본주의 기계 문명의 진정한 권력이 어디에 있는가를 알려주는 시이다. 시인의 목소리는 돌연 격렬하고 규정적이다. 비판적 현실 인식을 넘어서서 치열한 부정이 시에 울려 퍼지는데, 이처럼 적극적인 발언으로 자본주의 현실을 비판하는 시는 이번 시집에서 유례가 없다. 이 시는 이렇게 끝난다.

꽃 피던 시절,

꽃들이 흐르는 강물 소리로 왁자지껄 만발하던 시절이
있었다.

어떻든 나는 지금 서울에 와 있다.

나는 지금 한강철교를 건너야 한다.

순서를 기다렸다가 피던 꽃들, 묵은밭에 흰 감자꽃이
피는

그런 날이 오리라고, 쉽게 믿지 않는다.

그러니까, 이제 나의 시는 수줍게 남해로만 숨지 않을
것이다.

오! 이런 제길, 이 무슨 난관인가.

또 땅속이다.

막강한 나의 적은 나다.

자본주의 현실의 최고치에 해당할 '서울'의 면모에 연관된
시인의 시적 정서가 가파른 경사면의 그것이라는 사실을
알기 위해서는 앞에서 인용한 「섬진강 30」을 떠올려보면 된
다. 둘 다 서울에서의 어떤 장면을 묘사하고 있는 시편들인
데, 「섬진강 30」이 애잔하고 차분한 회상의 상태에 있었던
데 비해 「농사의 법칙」은 격렬한 부정의 언어로 일관된다.
이 차이는 물론 시대적인 정황이 반영된 결과이다. 그렇지
만 이 변모야말로 시인이 「이 하찮은 가치」에서 보여준 포

괄의 여유가 단지 만년의 시인들이 항용 취하곤 하던 달관과는 거리가 먼 것임을 알게 한다. 일종의 분노라고도 할 수 있는 시적 정서는 현실과 맞서는 여느 젊은 시인들의 그것에 못지않다. 더구나 시의 종결행은 "막강한 나의 적은 나"라고 선언함으로써 자본주의적 현실과의 싸움이 다만 외부를 향한 행위가 아니라 시인 자신의 내적 행위이기도 하다는 사실을 알려준다. 이 내외적 싸움의 동시성을 보는 능력이야말로 어쩌면 김용택의 현재적 성취일 수 있을 것이다. 그러므로 시는 선언일 뿐만 아니라 고백이기도 하다. 싸움이 고백인 것이다.

　현실의 고통에 맞서는 것이기는 해도 그것이 고백일 때, 그 싸움과 고백의 양면적 실제를 아우르는 언어적 행위를 사람들은 시라고 부른다. 시가 곧 노래이기 때문에 다음 시는, 그 같은 독서를 고려하면서 읽을 수 있는 절창이다.

　　번개가 천둥을 데리고
　　지상에 내려와
　　벼락을 때려
　　생가지를 찢어놓듯이
　　사랑은
　　그렇게 왔다 간다. 노래여! 어떻게
　　내리는 소낙비를 다 잡아 거문고 위에 눕히겠느냐.

삶이 그것들을
어찌 다 이기겠느냐.

—「필경」 부분

그 '현실-삶'을 이기는 '노래-시'가 있다. 노래는 무엇인가
하면 "소낙비처럼 새하얀 점멸의 순간을 타고/지상에 뛰어
내"리는 것이고 "제 몸을 부수며 절정을 넘기는/벼락 속의
번개 같은 손가락질들"이다. 노래는 부수면서 되살아나는
생명 그 자체이다. 시인은 삶마저도 그것들을 다 이기기 힘
들다고 써놓는다. 이것은 삶보다 시가 먼저라는 뜻일까, 아
니면 그럼에도 불구하고 이어지는 삶의 불굴을 노래하는 것
일까? 이것을 따져볼 사람은 시를 살아가야 할 존재밖에 없
을 것이다. 우리는 다만 그 추이를 지켜볼 수 있을 것이다.

이런 점에서 김용택은 '필경' 시인이다. 이번 시집은 그
렇게, 현실이면서 공포이고 치욕인 시적 창조의 순간을 대
자연 속에서 노래하는 김용택의 언어들이 보여주는 지속과
차이의 구성체이다. 어머니-누이의 역사적 여성성이 지속
되고 격렬함에서 차분함으로 가라앉은 발성법이 차이를 실
현하는 모습을 독자들은 직접 경험해보시라. 그것이 어떻
게 노래이고 삶이 되는지를 몸소 체험하는 즐거움이 여기
에 있다.

朴秀淵 | 문학평론가

처음처럼 수줍다.

시「정면」제목을 놓고

식구들 사이에 논란이 있었다.

'정면'을 '미수금(未收金)'으로 하자고 했다.

지금도 미련들이 남았다. 나도 그렇다.

2013년 봄

전주 중앙시장 옆 아파트에서

김용택

창비시선 360

키스를 원하지 않는 입술

초판 1쇄 발행 / 2013년 4월 25일
초판 5쇄 발행 / 2022년 6월 10일

지은이 / 김용택
펴낸이 / 강일우
책임편집 / 전성이
펴낸곳 / (주)창비
등록 / 1986년 8월 5일 제85호
주소 / 10881 경기도 파주시 회동길 184
전화 / 031-955-3333
팩시밀리 / 영업 031-955-3399 편집 031-955-3400
홈페이지 / www.changbi.com
전자우편 / lit@changbi.com

ⓒ 김용택 2013
ISBN 978-89-364-2360-5 03810